edmon neto

é natural de Tabuleiro-MG e estudou Letras na Universidade Federal de Juiz de Fora. Foi cantor da banda *S.A Rock n' roll* (Funalfa, 2010) e hoje é baterista no projeto *Los Românticos Experience*. Publicou textos literários em revistas como *ADobra* e *Ruído Manifesto,* assim como diversos textos acadêmicos. Vive em Altamira-PA, onde é professor de Literatura na Universidade Federal do Pará.

O DESPORTISTA NA CAMA

edmon neto

editora Urutau
primeira edição
2022

O —

editora Urutau

avenida peirao besada, 6 – 2D
36163 poio-pontevedra
(espanha)

rua cajus, 478
jardim das cerejeiras, cotia — sp
brasil
06724-015

[+55] 11 94859 2426 [brasil]
[+34] 644 951 354 [galiza]

www.editoraurutau.com.br
contato@editoraurutau.com.br

[EDITORES]
tiago fabris rendelli & wladimir vaz
[COORDENAÇÃO DE REVISÃO]
debora ribeiro rendelli
[REVISÃO]
rodolfo andrade
[DIAGRAMAÇÃO]
victor h. azevedo
[CAPA]
victor h. azevedo, sobre gravura de reijer stolk

dados internacionais de catalogação na publicação (CIP) de acordo com ISBD

N469d neto, edmon
o desportista na cama / edmon neto. - cotia : urutau, 2022. 96 p. ; 14cm x 19,5cm.

ISBN: 978-65-5900-286-3

1. literatura brasileira. 2. poesia. I. título.

2022-1719 CDD 869.1
CDU 821.134.3(81)-1

elaborado por odilio hilario moreira junior - CRB-8/9949

sumário

LIMPEZA DO APARELHO

DIÁRIO TARDIO

*
* *

Aos pensadores que me ensinaram a treinar
e aos treinadores que me ensinaram a pensar.

Toda a escrita comporta um atletismo, mas não tem nada que ver com uma reconciliação da literatura com o desporto, ou com o fazer da escrita um jogo olímpico.

Gilles Deleuze, em *A literatura e a vida*

LIMPEZA DO APARELHO

ei, psiu

isso

você

o senhor mesmo

tá vendo essa
pirotecnia
anunciando

o baile?

dois
pontos quase
rasgam
a cortina branca
que mamãe
larmé

costurou

trocadilhos &
riobaldices

estapeiam-se
pelas imagens
aéreas

daqui dá
pra ver
euforia
de

assonâncias &
enjambements

e aquele
grupo ali na porta
barrado pela
segurança

sisudos &
herméticos

em querendo
fazer festa
tem também os

instagrammers &
youtubers

boiando
na verve de

espontâneos &
construtivistas

o senhor não se assuste
com a minha franqueza

mas

chega aqui

deixa eu te dizer
uma coisa
sobre essa coisa
que é a poesia

) os versos podem ser perigosos como o fogo
leia romances policiais (

moça, a senhora pode me dar

um minutinho de

s u a

a t e n ç a .

método

palavras que abraçam
urdiduras

efeito
campo ativado de alta e mordaz força
crítica

que requer o deslocamento
como troca alteração câmbio

que chamam o lugar
habitado por tensões

que têm em si subjetividade
como o estar agora diante do que é
assubjetivo

movido pelo maquinal
a executar espécies de campos
de vitalizantes sinais

atingindo o transbordamento
como coisa ato ou gesto que se inscreve
na borda de identidades falhas

como também o ampliado
fora de registro firmado

a evocar horizontalidades
aberturas expansão dos bens
dos mares das terras e dos desertos

a exigirem política
solo quente das composições
matéricas e afetivas de muitos entes

a verem o largo operar
das várias moedas que constituem a vida

a chegar ao extremo
escolha que demanda ter em conta
a parede e ver o que dela fazer beijá-la furá-la

atitude
como obra advinda de certo gesto em certo ato
estado de vigor de existência

toda atitude demanda intensidade
entrega ardorosa à força e ao sopro

a convocar ação
que se produz
como sendo da natureza da palavra

dispositivo
que aciona marca risca corta fende
destina junto à capacidade expansora da palavra

fluxo
filamentos que seguem muitas rotas
vigores da palavra

dispersão
movimento que já não pertence
à história mas à palavra

geografia
espacialidades mapas linhas corpos cartas
regidos segundo as leis da palavra

dobra
onde o mutável dá-se lá no mover-se em ramagens
nas sobras nos restos nos cúmulos
sempre sempre compondo

partilhas redes ocupações nomadismos membranas
contágios contatos camadas

montagem a partir de
(e para) Roberto Corrêa dos Santos

às voltas com definições

um repolho
cortado ao meio
deixa expostas
nervuras
e receptáculos
preenchidos
ao sabor
de abraços.

isso é lírico
demais, martim dirá.

corta-se, então, o restante
do repolho.
intercepte
suas veredas
mais recônditas
a dedos e lâmina.
sirva-o cru
com cebolas
e condimentos.

pode ser que isso soe
trágico ou, no mínimo,
um homicídio culinário,
retrucará o poeta chef.

é, sim, um pouco
daquilo que os antigos
exigem de nós —
impossível guardar
os escafandros.

mas a salada será comida
de qualquer maneira,
o que nos poupa saliva
sobre o sentido
da existência.
azeitona e maionese
lhe caem bem,
inclusive —
requintes de ceia
em que se serve
a própria vida;

não a que se deseja
como quem dá o sorvete,

mas a que se entrega
ao sacrifício.

o repolho também pode
ser servido como o são
os chucrutes, tanto faz.
e se essa imagem
é tão somente uma lição
de estética que a vida dá,
como entregar-se
roxa e burra
à sua própria ruína?

há esferas,
calcários,
uma senhora costurando
suas entranhas,
um ouriço mordido
em sua parte vulnerável
e o resto:
cascos,
espinhos,
a força bélica de mordor,
uma pá de mentiras cria
película insustentável —

de repente os ossos quebram,
os rins são sugados a canudinho,
a rua é interceptada
porque o único homem do bairro
decepou o indicador.

bad crítico

tinha nada contra coisas monótonas
nem contra coisas que são
                    elas mesmas.

enxergá-las era seu problema,
dado a altos voos, algum enfado;
                    outra vez, surfe.

o vício das outridades e sentidos ocultos
chega flertando ao ver pedra — espaço sideral.

mas pelo respiro profere:
transcender é da imanência

                    sem com isso ser
filosofia muito na cara, como a poesia
no aforismo — que não é?

este zumbido na orelha esquerda da melancolia desta terra.

e se o áporo não salva,
intervém o ensejo: isso já tem naquele poeta
                    e naquele
                    e nesse aqui, ó.

ela passa

a entrar e a sair de meu sono
neste exato momento em que a xingo

pela escada adentro. sua voz perde-se
no eco do sobrado prestes a ser demolido

por qualquer brisa mais obtusa. o aspirador
entoa harmonia indie. solos de panela

anunciam manifestação: tenho dentista
mais tarde, acho que consigo entrar

sem pagar a comanda, requente o macarrão
de ontem mesmo, sou cliente aqui há muito

tempo. porra, mingau cagou na sala de novo,
verônica continua uma puta de uma gostosa

e não entendo por que me excito com cheiro
de pinho sol. preciso é voltar ao *sobre a*

essência da verdade de heidegger, que facada
mal dada. o louro morreu, tá ouvindo?

a cena mais horripilante que me veio foi a
câmera lenta em *cidade dos sonhos*

a caminhar ao lado de um muro, prestes
a revelar o que tinha do outro lado.

não havia som nem respiração, até que
a cabeça antecipa-se à revelação esperada

e surge entre o muro, amendigada, a sorrir
para a lente. na cozinha, um prato quebra.

algumas coisas

não precisam ser assim na lata

uma disputa de pênaltis leva
às últimas consequências uma partida boa ou ruim

eu sei que você sorriu
no momento que ela falava de suas dores

ficou parecendo abestado na porta da padaria
contando os cigarros no maço

o carro passou tocando o terror
nos moleques do condomínio

nem comento o clichê de cheirar
ao som de little green bag

com esses classificados, é possível conseguir
uma vaga na equipe de roteiristas rodrigueanos

mas parece que você optou pela fuga
e pelos tuítes passivo-agressivos

páginas incontáveis de emulações e um manifesto
contra a aristocracia intelectual dos foucaults da roça

o psicanalista diria que esse seu dublê é assustador
e trocaria o pé trocaico pelas mangueiras úmidas de janeiro

fazer as unhas com os dentes
não o torna repulsivo nem o mais instintivo

sugere-se a leitura dos livros
inexistentes de jorge

talvez assim você se esqueça dos assombros
que sopram à sombra dos dichavadores

está vendo aquele homem parado
na esquina da batista com a santa rita?

dizem que ele fica ali todos os dias
exalando cheiros de quem espera pela amante

ele caminha por corredores

frequentados por esta obra

crinas emboladas
que projetam sombras

alfabéticas; o outro sai
da sala de aula empunhando

folha de caderno que imita
letra de pessoa alfabetizada

obra de arte
e texto escolar

lutam
por esta folha

você comovido
com história

de menina
que não sabia escrever

eu, com esses cabelos
que lembram tipografias

perdão, carlito, por me esquecer
o nome do artista

o dela eu me lembro
nicole da silva conceição

artrópode menor

dá mostras de que lhe aponta objeto de amor maior
no meio da cabeça a lhe cortar as cascas por dentro.

é preciso tomar cuidado ao atravessar
o asfalto. nenhum homem suportaria
ver esse bicho, mesmo que ventasse
no subsolo onde os amigos espezinham.

você, por sinal, nem se compraz:
— um passo em falso
e o peso do marfim
dilacera as quitinas.

é a pré-história
a oferecer uma faca no dia da tua cópula
sem, porém, se esquecer:
chifres estão à espera do aniquilamento.
— vamos, logo te tornas pesado
neste trajeto de tempo
e de sinusites. inventa desinteressado

iauaretês,
compõe e veste teus extremos.

sabor dos ossos

na verdade, é justo
e necessário darmos graças
sempre e em todo lugar.
ele me convidou para beber
                                        uma cerveja
eu disse que estava dando
                                        um tempo.
um vinho então posso colocar no gelo?
deixa eu ver o seu cartão de presença na catequese.
o roxo da sala
a oração eucarística número cinco
                                                        eu sabia de cor

lambeu minha orelha
me apertou contra a sua barriga
agradeci por nossas coisas não se tocarem lá embaixo.

não morrer aos vinte e sete

mesmo eu já saindo da mocidade,
só tenho feito produções incultas
nessa vida de cantante, que sabe
muito do tosco, pouco sobre o cool.
tentei em vão caetanear a vida,
mas me pegou a disfunção erétil
e retrocedi. olha que patético
o que aconteceu a mim: não deu liga
aquela história de receita mínima
sobre o muro, pedindo poesia.
é lindo leminski, é lindo lenine,
diz a página da louca imbecil.
ela não leu, olha só, quem diria,
entretanto uma linha do que viu.

rhytmos

no perder-se intenso
da concentração

de cristais, ele silencia
a arena.

destreza líquida
de samurais,

discóbolo, exibidouro
desta china

— ali dentro
já é corpo outro —

a executar movimento
lança disco

à precisão
de espadachim.

aptidão

fale sobre o seu proxeto, diz uma voz em portunhol
selvagem. o real ou virtual? escolheu o caminho
mais difícil. foi com medo que escrevera um plano
enviado à gaveta mais recôndita de onde
continua acenando em vão, já que o acaso,
graças a deus, é implacável. resolver querela
entre poetas e filósofos não é recomendável
a quem leu parca poesia e rala filosofia.
o babado rende ao menos angústia e síndrome
do impostor. ou exibir as imposturas mesmo.
a discussão é ótima e pertinente —
alguém ouviu isso na mesa ao lado —,
mas a proposição é megalomaníaca. e a sua pergunta?
quase como se uma tia lhe provocasse em um jantar
de natal: e as namoradinhas? dizer que ela está sendo
inscrita no corpo não ajuda, mulher. esquecer para
lembrar é lindo paradoxo, mas não cria o palavreado.
metodologia é termo envenenado. considerações
finais resvalam em bruma e sonolência. os devires
consomem. ninguém colhe a permanência dos jardins.
o trabalho aborrece, as vaidades prendem as pessoas
em personagens chatas e tediosas. tinha escrito
ensaio inacabado e ininteligível sobre a série breaking

bad. uma tradução de whitman que deixaria rubros
os irmãos campos. trinta páginas. a banca irá
detoná-lo. que pessoa sã tem essa castimanha?
há professores que provocam sangria nos textos de jovens
pesquisadores, que saem das tortuosas cem páginas
para menos que a metade, e você acha que não será
detonado ao apresentar essa tosqueira? se bem que
já se ouviram casos em que o aluno foi para a banca
com apenas quinze páginas e ninguém falou um "a"
sobre isso, mas no doutorado exige-se a tal originalidade,
não dá para marcar bobeira. a ideia era criar
tradução do português para o português.
uma tradução monstruosa. uma tradução
cujo resultado nascesse de uma espécie de relação
sexual com o outro texto. leitura, intuição,
entusiasmo, cerveja e desespero para fazer tudo isso.
deu certo. está na tese e em revista acadêmica.
guglem. quero lhe parabenizar pela ousadia do trabalho —
diz outra voz em português suíço —,
mas algumas coisas aqui não ficaram claras.
por favor, fale sobre o seu projeto.

Para Prisca e Silvina

* * *

DIÁRIO TARDIO

confissão de ateliê

após visita ao belvedere

olhei para
egon schiele

e nada senti
que dê nota.

já o poema
via obra,

perdido
em nuvens,

interessava mais.
o teto feito muro

de livros pode
ser acessado

por janelas
no cômodo norte,

parte de cima.
sem porta

e sem eira,
títulos ou telhas

beiram
sacrifícios

e tédios
cardeais.

flagro a
matéria,

contraio esse
quadro e

agora
o espanto.

pende ali
na estante

palavras
— não sementes —

que sustentam,
sem retórica,

casa e tinta
somente.

Para Gilvan

anotação de batismo em san andrés

não há escritura sem acidente
que não se cubra como em ferida,
que não se abra em corte.
o mergulhador deve se preocupar
com o informe do medidor de oxigênio,
sobre o ar, no cilindro metálico,
no mesmo momento em que deve se preocupar
com o dispositivo de inflar e desinflar
o colete, no auxílio ao corpo a nadar
com mais dezessete quilos nas costas.
o mergulhador preocupa-se
com o respirador a ser manipulado
de modo a expulsar a água
que porventura entre pela boca;
o mergulhador preocupa-se com a respiração
a passar pela garganta;
o mergulhador preocupa-se
com a pressão sobre os ouvidos,
com os óculos que, caso lhes entrem água,
uma técnica que expulsa o líquido
com as fossas nasais deve ser aplicada.
o mergulhador deve dominar
todos os códigos gestuais

de comunicação, usados entre os pares,
porque não se pode simplesmente querer
subir à superfície ao menor sinal de pânico,
mas buscar resolver tudo na total submersão.
ainda assim, é claro, o mergulhador precisa apreciar
aquele ecossistema e manter-se vivo.
o mergulho é essa escrita que impõe
ao corpo outros pulmões
e instala guelras no pensamento.

Para André Monteiro e Alberto Pucheu

talvez seja

a familiaridade linguística,
a topografia das sete colinas,
o rio cantado nas aulas de literatura
ou somente os meus privilégios
de turista internacional.
teria que lançar mão das fotocópias
de mapas astrais inexistentes,
caminhar pela praça onde Pedro IV
é ilustre desconhecido,
chorar por uma ou duas vezes
no meio do caminho — o país
que ainda não nos odiava — e isso
é uma mentira — agora é apenas
uma noite de cachorrada no bairro alto.

moço,

você poderia me emprestar o fogo?
claro, às ordens. esse cigarro aí é maconha?
mexo com isso não. maconha você só vai encontrar em nossa senhora do ó.

noivado

claro que os seus planos
não dariam certo
neste campo de guerra
em que um homem corre
à farmácia
com olhos furados pelas bombas em pleno dia
e o quarto de hotel é maior
que a libido

a moça disse
para termos cuidado
com absinto
loja neonazista
gelo muito transparente.
as garrafas, senhor, voam
em direção aos invasores
e nenhuma consoante enfileirada
trema
bráquia
ou diacrítico da língua tcheca
clareia
nesta noite
que irrompe de outros alteamentos.

é zero hora e você
não precisa ajoelhar aqui nesta ponte,
basta deixar escorrer nos dedos
essa coisa que não cabe.

Para Davi

cena com um jovem pescador em phi phi island

ele veste camisa do iron maiden
que penso isso ser a solução.

ko pun kap e *sawadee krap*, um meio
de agradecimento e saudação,
e nada que além disso nos conecte.

ele aponta a tatuagem do corvo,
eu quero incitar uma conversa
sobre poema e edgar allan poe.

....

toquei guitarra aérea, imitei
avião, e pensando se ele iria
entender que essa dica que se pôs
era sobre a banda e seu vocalista —
um piloto profissional que foi
voar no flight six six six —

uma luz veio acender-se entre nós
quando o almoço chega e eu tento dizer
que arroz com curry verde, nada a ver.

e ele fica confortável após
saber isso. parece até que não
era budista e odiava seu rei.

....

a conversa sobe de nível em
um acesso de livre opinião:
ele não era adepto à mímica.

fez ginástica facial que em mim
gerou o interesse imediato
de olhar aquele corpo, em muito, inapto
tentar reproduzir algum tantinho
que lembrasse, o mínimo, ronaldinho.

ocidentais vão ao shopping

center
em busca
de massagem.

experiência
autêntica
do turismo
cosmético.

ao menos
tiveram
a decência
de recusar
os elefantes.

as putas e
as travas não
dividem
motocicletas
em Bang-
kok,

mas seguram
os sufixos
sem vergonha.

no barco
blue orchid
música

it's all coming
back to me
now

— rotação
acelerada —

o rio
chao phraya
expulsa
ramagens
de trato
sub-reptício.

dá licença,
moço —
há de ter
sido isso —

gostaria
de uma foto

com essa
senhora

gritando

exotismos
de coroa
e dinastia

não colonizada
por outros
fanatismos?

os ocidentais
se olham
de tanga,

esperando
as doulas.

queridas putas,

nunca tive pretensão
de que esta carta fosse lida.
talvez vocês tenham se ofendido com o fato
de duas bichas não quererem os seus serviços.
e mesmo que isso signifique maior dificuldade
de furtar dois homens que não sentem
na pele a pulsão heteronormativa, estava na cara
o nosso despreparo para enfrentá-las nas ramblas
às quatro horas da manhã do dia 1º de janeiro de 2020.

SAGA DE QUINTAIS

I

canas são treinadas
para o embate.
cientes de que adoçariam cafés
em ipanema,
equiparam-se
                    na pré-história
de nós e lâminas
                    paralelas
resistentes aos distraídos
                    perdedores.

a contrapelo de moendas —
engrenagens que torturam e indeferem petições —
canas atacam
dedos e canelas —
gesto de quem sabe que,
para proteger a fraqueza
                    oculta dos diabéticos,
não deve entregar-se de mão beijada
ao extermínio.

II

enterraram mani
atrás da casa
sem avisar sua família
euforbiácea.
não se sabe de qual oca
veio
nem se os filólogos assinariam
a versão castelinha.
o mastro erguido ludibria
os que acreditam no segredo
das bandeiras concêntricas
a surgirem daquele.

não se sabe se a erosão avisa
o tempo da captura
ou se a plateia no escuro deseja
ser invadida pela ocupação
de tentáculos.
sua compleição é simpática
a hipertextos.
bifurcam pelo corpo antinarciso
o ardor de explosões
sob a terra.

III

se a casa alugada
impedia o descascar
cimentos com luvas de pelica,
apoiava qualquer sinal
                                        de resistência.
a vitória selvagem
das samambaias
desbanca
sintecos e supermercados.

IV

seu defeito capital
é chamar-se dólar.
de resto, manhattan
implodida.
                              banho de corpo,
                         art nouveau incidental
a lecionar para
          cognatos
                    sujos de cocaína.

de folhas, frequenta o massivo.
disposição do ânimo, alheia
a toda
           reprodutibilidade.

V

seria preciso
algum palavrório encantado
de fones e arquifonemas
para sugerir
                                        as avencas?
fluentes,
elas argumentam:
optamos, ressabiadas,
pelo controle.

nossa fragilidade o obriga
a dispender
atenção constante.
ao menor sinal de abandono,
murchamos,
                                        ensaiando ocasos
seguidos de
                                        re
                                        foto
                                        síntese.

VI

rivais noturnas cochicham
gongos secretos.
são xenófobas,
excessivamente aceitáveis
                        pelas jardinagens.
desprezam crespos
e quadros de portinari.

ouve-se do mirante o murmúrio
da garagem.
lamentos sertanejos despem
entre espinhos

a respiração presa
que não fulora
            no úmido,

a saudade da seca
que não tolera
              agostos.

manda cair
um só pingo da mangueira

para você ver
o tamanho
das cicatrizes.

VII

um dia essa casa será suspendida
pelos entes abortados da mata.
não haverá sacadas
nem prédios
ou caixas de correspondência
que resistirão à graça
de um arroio.

multiplica-se em dois, três,
tantos feixes que lenta e ininterruptamente
seguem seu curso
                                        sem virar mar —
solução de desgastes —
só a rusga da existência,
só a nesga da vingança

dissolvendo petróleos,
conciliando minérios.

VIII

que decisão a terra toma
para dar cabo à vida nova?

vibra ali um corpo ao lado
das minhocas.
arqueias já foram avisadas
de que não é bom momento
para seus feitiços.
fungos protestam na assembleia —
lugar que seria devorado
por rebeca.

há vermes, e eles fazem questão de se candidatarem

a algozes.
e das pequenas passagens pela terra
surge o filete — ele traz sal e algum sol —
a fazer irromper de si
um mesmo — e um outro —
                    um mesmo — e um outro — filamento.

IX

agentes
de saúde
não sabem
da ética
da estética
da retórica
e da política
das bromélias.
pirotecnia
tentacular
coroas
inescrupulosas
a guarnecerem
águas
sem
aedes
aegypti.

X

fuligens pantaneiras
caem no quintal de minas.
tornou-se inevitável a chegada
de maomé estraçalhado à montanha,
interrompendo o que restou de atlântica.

agora à noite cai fina garoa
tocando a marcha silenciosa,
consolando as cinzas.

DÍSTICOS PARA DOIS

I

em épocas mais assombrosas, dizem
que é produzido o melhor da música,

melhor da poesia, melhor da arte.
era o que você me falava às vésperas

de nossa loucura. enquanto eu nem
sequer me lembro o nome do meu último

blog e você sequer se tocou um
dia de que estava reproduzindo

a agenda da desconstrução com
o mesmo fascismo de quem você

sempre criticou. deixei todos os
meus textos num pendrive de dois gigas

perdido entre coisas desimportantes,
as que se guardam por exemplo em uma

caixa, e você também guardou a câmera
com os takes do piloto do programa

semanal no youtube, que teria
o ecletismo habitual das castas

caretices maquiadas de falso
libertarismo. você tinha até

voltado a tocar violão e tinha
planejado turnê interrompida

na cozinha do seu apartamento
na são sebastião a qualquer momento

que a ressaca lhe visitasse, enquanto
eu tanto aborrecia dia a dia

e não acompanhava essas mudanças
tecnológicas e me entregava

à leitura de uns livros herméticos
porque secretamente acreditava

que os melhores textos podiam ser
escritos a duros açoites da

meritocracia estética. como
se vê, falhamos, meu amor. aquela

época chegou e ainda nem
conseguimos limpar os vidros da

janela suja com sangue dos nossos
homicídios cotidianos. e

planejamos aquele nosso próximo
minuto com medo de cair no

abismo da obsolescência que é
pintada com os tons da irrelevância.

e por conta disso você talvez
pense em como o outro é errado e eu

pense que esse outro deveria era
caminhar para este lado e não

para aquele lado, e dizemos isso
sentados com a mão no queixo, com

perspicácia de especialistas da
arte e da vida. falhamos e estamos

sós, com cara de tacho, meu amor.
esquecemos nossos melhores livros,

enjoamos da música que outro
dia mesmo arrepiava a espinha,

fugimos desses filmes mais complexos
porque nos fazem dormir. o que foi

que aconteceu com a última gota
de desejo? esta fase obscura,

você diria, em que nos metemos
todos de um jeito que nem sequer

imaginávamos em dois mil e
nove, porque estávamos lá nas

trincheiras da militância dos nossos
abraços a quem sempre recorríamos

com tesão. e você até chegou
a me dizer que se continuássemos

a nos cegar daquela forma, pois
era uma cegueira, nossos poemas

se transformariam em versões tão
pessimistas quanto os de drummond em

claro enigma, apenas versões
mal-acabadas como a vida se

transformou e o amor se transformou
em fala fácil que se põe em letra

de lambe lambe e ninguém solta a mão
de ninguém, mas se solta sim, porque

ninguém quer segurar mão de ninguém
quando o bicho pega de verdade, e

mais amor por favor, menos amor
que aparece quando o tiro come

solto e a faca sangra em peles que não
vemos como importantes, meu bem.

II

fiquei boquiaberto com o tom
indiferente do jornalista ao

comentar a fala do presidente
que disse que contaria como uma

pessoa foi torturada durante
a ditadura; fiquei pasmo como

em todas as outras vezes. você
chorou de medo de ser perseguida

na rua por alguém que achasse que
você pudesse ser estuprada ou

merecesse um corretivo por ser
lésbica e tivesse a sua história

desacreditada por homens como
eu que não conseguem calar a boca

em momentos em que se precisa
calar a boca, e se diz a coisa

pior por não se saber abraçar
o silêncio. você gostou do instante

em que me desculpei pela vez que
te deixei sozinha com ele, e

você talvez ficou aliviada
porque reconheci que fui um merda

e começamos a nos falar de
modo mais franco e sincero, e os

constrangimentos se tornaram amparo,
e choro no ombro, e muita cerveja

no boteco, e muita teoria, e
análise de textos literários,

e gongo das pessoas que odiávamos
e que hoje nem chegam perto das

pessoas que realmente merecem
o nosso desprezo, isso porque

também pagamos pau para os otários
de plantão, nos enganamos com aqueles

que um dia achamos foda e pica das
galáxias e merecedores da

nossa pobre consideração. tudo
isso é uma grandessíssima merda

agora que tudo se esfacelou.
esta época obscura em que nos

metemos nos tirou a alegria
dos que não sabem e continuam não

sabendo, porque algumas vezes não
saber é um luxo dado a quem não

tem a menor pretensão de saber
apenas por não querer estar certo.

III

e agora você talvez me pergunte
qual é o poema, qual é a música,

qual é a arte capaz de tocar
nesta época obscura dada a

silêncios, ou toques, ou letras
ou tintas fugidias estridentes

como essa aqui, meu amor, eu confesso,
como naqueles circuitos fechados

e exclusivos das academias
e dos clubes de poetas e artistas

que frequentam a casa do caetano
e da paula lavigne e choram pelo

fim do minc e uns se arrependem por
ter apoiado o golpe. e nós dois

não conseguimos dizer um para o
outro o óbvio, ou criticar a

academia sem que isso seja
usado contra nós mesmos já que a

casa tá caindo, mesmo que ela
seja um dos poucos lugares onde se

produz conhecimento, enquanto as
pessoas estão tão adoecidas,

os doutores estão adoecidos,
professores estão adoecidos,

os médicos estão adoecidos,
jornalistas estão adoecidos,

banqueiros e empresários e políticos
sempre estiveram adoecidos

e tão craques em nos adoecer.
você, sim, com certeza irá dizer:

esta época obscura chegou,
esta época veio novamente.

IV

no calor do momento quase saio
aos tabefes com um desconhecido

no bar, somente porque ele ousou
tripudiar do garçom que dizia

com muita distinção que o que estava
acontecendo no brasil era uma

disputa entre civilização e
barbárie, e que a barbárie estava

vencendo, e eu ali sucumbido
à violência porque acreditei

que em algum momento era o melhor
e defendi que as intolerâncias

se atacam com mais intolerâncias,
porque assim elas serão controladas

como dizia o filósofo de
que não me lembro o seu nome. mas o

desgaste era tanto que me sentei
na calçada do bar e desabei,

chorei litros me lembrando inclusive
de você um dia ali sorridente

e cantante, com uma lata de
skol quente na mão e um cigarro

de palha que nunca parava aceso,
falando sobre os projetos de

escrita e traçando os panoramas
intermináveis da literatura

ocidental. rindo, rindo e rindo.
estávamos prestes a aprender

a gostar mais da gente, e estávamos
prestes a construir lugar melhor

nestas selvas onde não dá mais gosto
andar desnudo; estávamos prestes

a viver com maior vigor, e agora
testemunhamos pânicos o horror

a iniquidade o feio o grotesco
uma ópera bufa com atores

de quinta categoria, meu bem.
você sabe. estamos sós. e enquanto

isso nos ameaça, eu quero me
perder, e me perder, e me perder

e me achar mais perdido de mim
mesmo, e que isso possa ser o meu

melhor achado. ando desconexo,
não sei se você sabe. esse tempo

obscuro me cegou de vez e
não há lampejos que despertem para

uma fresta de luz. não há mais brechas
para nós dois por enquanto. pois eles

venceram e o sinal foi arrancado
daquela rua para que nós nem

sequer nos atrevamos a passar
para dar o grito final de alívio.

PESO PLUMA

domar o ferro à força,
não até uma flor já sabida

JOÃO CABRAL DE MELO NETO,
em *O ferrageiro de Carmona*

1.

o professor conduz
alunos em estado de sofrimento.

barras, halteres, anilhas, cordas,
pneus, argolas, caixas de madeira,
bolas, suportes, luvas protetoras,
elásticos, pó de magnésio,
esparadrapo, carpetes, grama
sintética, aparelhos de remo,
estruturas de erguer ou empurrar,
quadros de atletas, camisas de treino,
caixas de som, sequência gutural
de black metal,
alguma vontade de um sem número
de incertezas.

corpos se debatem,
suores apressados caem,

buscando enfim auxiliar a sinfonia
inefável de urros.
o cronômetro regride
e esforços mirram.

o professor não é do tipo que fica aos berros
tentando tirar a última nesga de disposição.
sua voz é quase inaudível diante da música que faz vibrar
os telhados.
isso nem de longe diminui a suspeita
de que, ao menor sinal de discordância,
ele não pensaria duas vezes
para esmurrar
com a força ungulada
dos rinocerontes.

as pessoas se jogam no carpete
feito aqueles maratonistas que correm
durante vinte e quatro horas.

ou caminham por mortas.

o professor sugere
que me aqueça ao remo,
o aparelho porta bastão puxador
acoplado a fio em roldana instalada na parte frontal.
há também painel eletrônico dissertando.
pés vão à presilha
e um banco movente
permite que os joelhos flexionem
                    na descida
                    e estiquem
                    na subida.

o puxador é trazido pelos braços
até o peito.

o movimento trabalha

com os músculos
das pernas,

do abdome,
dos bíceps,
das costas.

foi preciso sete minutos para a camisa ficar ensopada.

importa, preocupa
e tem graça
que,
depois do primeiro contato com essa moda,
ele ainda se constranja
diante dessa mulher que sobe
as escadas de seu prédio,
portando sacolas e desenvolturas que debocham
deste projeto de homem.

2.

os meus pulsos irão partir. um cano
pvc passa pela frente dos ombros e por baixo do queixo. as duas
mãos seguram o cano — os cotovelos são
colocados no horizonte dos olhos. o
professor ergue os cotovelos do oponente com a única intenção de
provocar dor.
é para que você exercite a flexibilidade, e eu já querendo que ele fosse
para os ritos finais.

a primeira tarefa de levantamento de peso
é adaptar-se com uma barra
de vinte quilos.
para mulheres, quinze.

todas as barras são impossíveis
aos iniciantes, a quem indica-se treinamento com objeto
bem mais leve. o aluno aumenta progressivamente o peso
das anilhas, acopladas à barra na sua parte lateral. a
primeira tentativa de levantar vinte quilos é catastrófica.
a
lombar
parece

romper
-se
ao
meio.
o professor deve orientar sobre o posicionamento exato do
corpo. o tronco não deve ser flexionado para a frente como
se ele mesmo fizesse a força necessária para levantar o
peso. é preciso melhorar a qualidade do movimento sem
gerar lesão de qualquer ordem.

na segunda tentativa, os braços trabalham
mais que o necessário,
coisa que no dia seguinte sentimos todos.

no futuro eu acabaria me acostumando às dores
e daria testemunho de que eram secretos troféus.

homens que levantam pesos
parecem ter contusões frequentes.
músculo-limite rompendo-se da nervura corporal,
cartilagem gasta na região dos joelhos.
osso se esfacelando,
cinquenta quilos caindo no pé,
deslocando um braço,
fraturando um crânio.

em dois mil e sete, o halterofilista fernando reis, dezessete anos, categoria até noventa e sete quilos, jogos pan-americanos, exibe corpo dócil de antílope.

e meu corpo cheio de órgãos começa a dar sinais
de tornar-se
parecido
com aquele pertencente às espécies
que eram, às avessas, ridicularizadas.

3.

descobriu tardiamente que platão significa
ombros largos. o filósofo teria sido atleta
de luta grega. naturalmente, não se exercitava
como os jovens do século xxi,
que procuram academias
como forma de cumprir
exigências sem palavras,
obedecendo o tempo
que os obriga a movimentar
o corpo para a dinâmica das concorrências,
do businessman, do desempenho cego,
da ação sem contemplação, do coaching.

— *pensar que viramos escravos*
de nós mesmos lhe parece oxímoro jocoso?

platão era filósofo de ombros largos.
nocaute é nos enganar por séculos
com a ideia de que teria expulsado os poetas
de sua república,
quando ele mesmo era um poeta.

quanto à poesia,
melhor é o que diz um amigo do face:
ela fará rizoma com os depressivos,
subversivamente lenta, desconectada,
escrita pelos corpos — dinamicamente
parados —
que não aguentam
mais.

— não me venham com livros sobre grandes feitos
com garrafas.

4.

no centro de treinamento, tatua
panturrilhas. viking pasteurizado
em anúncio de cerveja artesanal.
entusiastas elogiam o espaço,
há os que exibem altivez
de vencedores. a tenda de cachorro-
quente disputa com a de comida
vegana. as paredes estão cheias
de decalques a preços módicos.
no torneio de levantamento
terra, modalidade não oficial
do peso olímpico, concentração
de hai-kais. após dois anos de treino,
estou em condições de gozar
das arrogâncias da boa forma.
academias fixam espelhos
nas paredes, vício de nervos
à flor da pele. os boxes são espaços
neutros — e você falando sobre o discurso
da superação, utilizado pelas engrenagens
capitalistas a socarem goelas abaixo
o esforço individual nesses textos
fáceis de autoajuda: enquanto trabalhamos,

eles dormem. enquanto nos exercitamos,
eles bebem cerveja e comem
no bar da esquina. enquanto
produzimos endorfina e serotonina,
eles aumentam suas reservas
lipídicas e tecidos adiposos.

há pelo menos seis pessoas na categoria
até noventa quilos. sou alguém inapostável.
os competidores têm três oportunidades.
penso em começar com noventa quilos
e não fenecer no final, mas ao ver
que todos os outros começam
com pelo menos cento e vinte,
resolvo acompanhá-los.

o movimento só é considerado completo
caso o corpo ao final se mantenha ereto
e a barra acima da cintura.

a visão passa a ficar embaçada.
o primeiro empreendimento é relativamente fácil.
nos treinos, o meu recorde era cento e trinta
quilos e aqui acabo de erguer cento e vinte.
olho para a tabela
com os primeiros resultados.
a ideia era aumentar dez quilos
no segundo movimento,
mas vejo que os colegas já passaram

para cento e sessenta ou mais.
aquela sensação curiosa em que
nós imaginamos os limites,
mas o cérebro e o sangue de um competidor
alteram-se de forma misteriosa. vigores de

marta
machado

garrincha
oswald

phelps
clarice

bolt
palmer

ali
fontela

lee
uchoa

reis
barros.

a obra de arte da ginasta brasileira
daiane dos santos

no campeonato mundial de ginástica artística de 2003 em
[anaheim — eua,
ao inaugurar o salto duplo twist carpado, conhecido como

dos santos.

em 2013, a surfista brasileira maya gabeira aparece
em vídeo produzido em nazaré, portugal, onde é resgatada
pelo também surfista carlos burle
após sofrer um acidente ao surfar
uma onda gigante.
em 2020, outro recorde
no mesmo lugar.

tudo aqui e alhures, uma dobra
desta escolha:
a intromissão transfiguradora
nas arenas do esporte,
na criação de hipótese
aporética.
intradução ou poesia,
penso
no tablado.

cento e sessenta era algo
intolerável nos treinos.
até agora nenhum competidor falhou.
tiro o tênis.
sentir os pés no chão

ajuda no equilíbrio do corpo.
os amortecedores podem ser cruéis
nesse tipo de competição. olhando para a frente,
inicio o movimento. as pernas trabalham
com muito mais dificuldade.
com força que veio não sei de onde,
a barra é levantada e o centro de treinamento explode
quando ela atinge a cintura. outro recorde,
bem mais modesto, é claro.
adrenalina também passa de fase
e todos os competidores já ultrapassam a linha
do impossível.

— *só o impossível acontece uma ova, chacal.*

não há qualquer chance,
mas é preciso tomar uma decisão
em menos de um minuto.
caminho cego para o centro.
um texto passa pela cabeça.
isso aqui faz a escrita sair como bica.
se a inspiração existir, certeza de que ela é uma coisa
química. nada a ver com anjos e espírito santo
baixando sobre os corpos, fazendo-os delirar
e dizer línguas inefáveis.
alguns autores inventam outras línguas
de uma forma muito mais consistente,
e até o fechamento desta edição
não se obteve conhecimento sobre qualquer texto
escrito por mártires.

o que posso oferecer é esse levantamento de peso

de artista.
essa peça.
essa clínica.

o que nem sempre é confortável numa vida
& um quarto lugar na categoria até noventa quilos.
ergo cento e oitenta com as pernas bambas.
houve um momento em que achei que não havia pensamento,
mas firmo o tronco e decido

— e decidir já é levantar —

pela graça,
uma graça de outra ordem
que não a religiosa.
graça que chega pelos poros,
quase psicodélica, mas sem precisar
do ácido. olho agora para as pessoas
correndo em minha direção.
há uma surpresa genuína, acho tudo
muito entusiasmante. agradeço à nossa senhora
do peso pluma: a padroeira dos vikings bailarinos.

[agradecimentos]

Alberto Pucheu, André Monteiro, Carlito Azevedo, Davi Barreto, Laura Assis, Lia Duarte Mota, Luiz Fernando Medeiros, Marília Rothier, Prisca Agustoni e todos da Editora Urutau que trabalharam neste projeto.

■ primeira edição
■ junho de 2022